SOLFEJO DE CORES

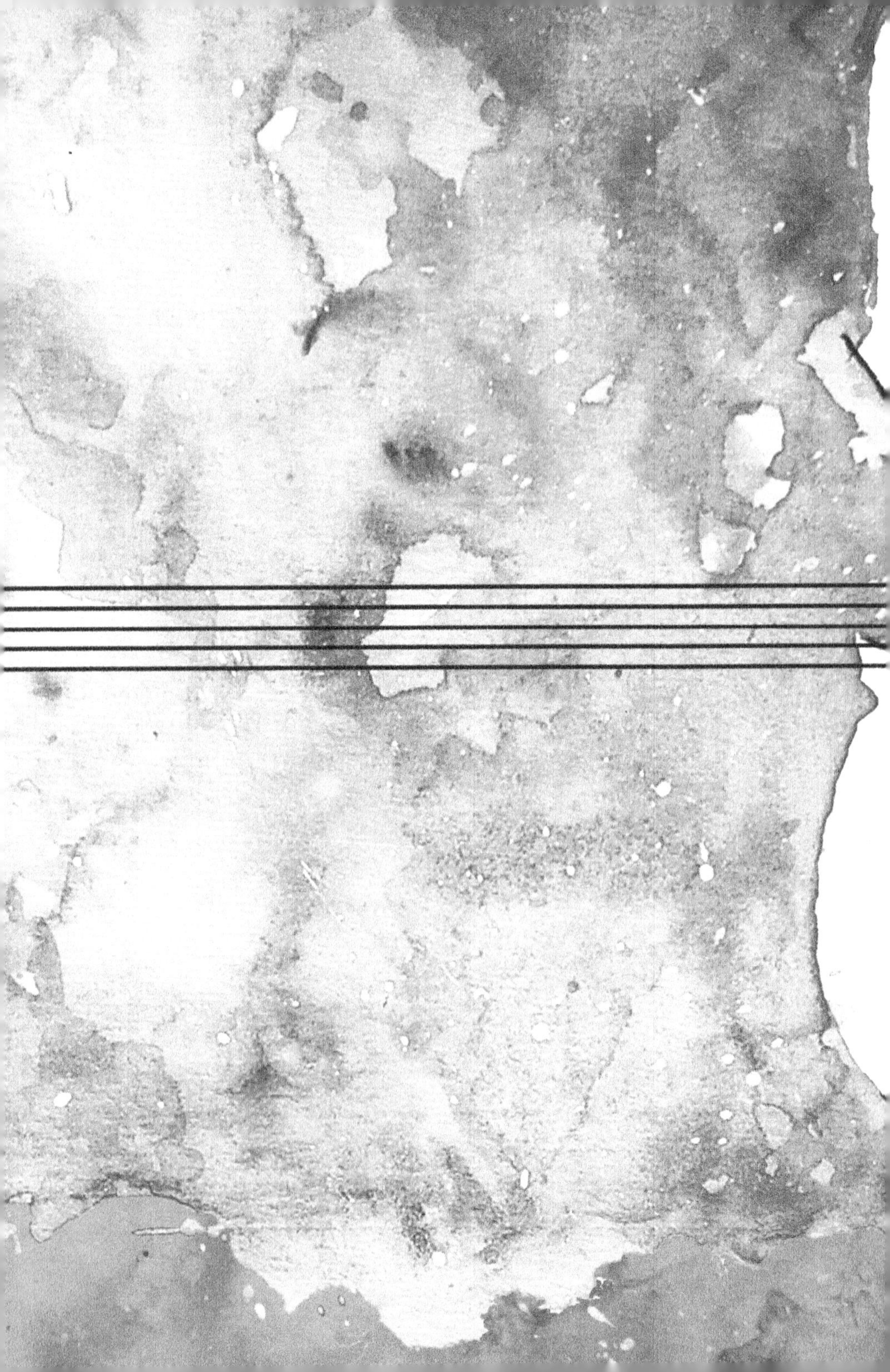

LEONARDO BACHIEGA

SOLFEJO DE CORES

Coordenador editorial
Sálvio Nienkötter
Editor-executivo
Raul K. Souza
Editor-adjunto
Daniel Osiecki
Editora Assistente
Francieli Cunico

Capa
Jussara Salazar
Ilustrações
Giancarlo del Grande
Projeto gráfico
Andre Luiz C. Mendes
Produção
Cristiane Nienkötter

Dados Internacionais de Catalogação na Publicação (CIP)
Angélica Ilacqua - CRB-8/7057

Bachiega, Leonardo
Solfejo de cores / Leonardo Bachiega. — Curitiba : Kotter Editorial, 2021.
120 p.

ISBN 978-65-86526-74-5

1. Poesia brasileira I. Título

20-4494 CDD B869.1

Kotter Editorial
Rua das Cerejeiras, 194
82700-510 | Curitiba/PR
+55 41 3585-5161 | www.kotter.com.br | contato@kotter.com.br

1ª Edição | 2021

Não, não foi sob um céu estrangeiro
Nem ao abrigo de asas estrangeiras –
Eu estava bem no meio do meu povo
Lá, onde o meu povo infelizmente estava.

Anna Akhmátova

fio irmão

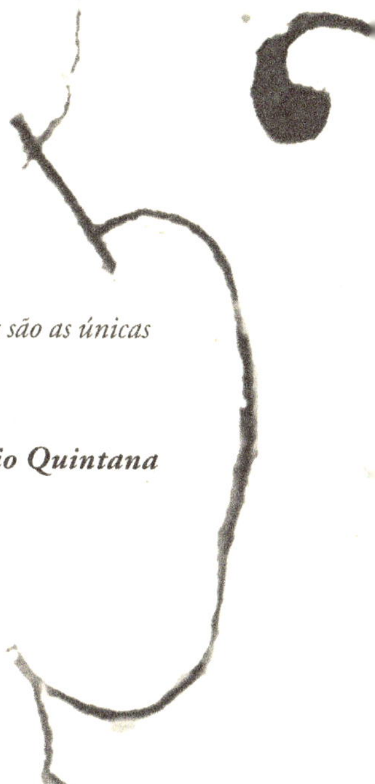

No fim tu hás de ver que as coisas mais leves são as únicas
Que o vento não conseguiu levar

Mario Quintana

brincando de equilíbrio

espelhado em ee cummings

como se não bastasse olhar
de olhos fechados
as tuas palavras em malvas
o que há dentro do limo
que um mistério não cure...
*sob uma locomotiva cuspindo violetas**
o amor está
...onde o desenham
nalgum lugar
*em que nunca estive**

* Sampler de um poema de ee cummings

* Sampler de um poema de ee cummings

desfecho

com Giuseppe Ungaretti entrevistando estrelas

ele escreveu na terra a sua *manhã**
e pode apaga -la na chuva quente
mais uma vez escreve -la em imenso a alba
ele esperou seu filho voltar para sempre
foi assim ungaretti untou
no pranto a sua própria *pedra**
esta que não foi embora

* Referência ao poema (manhã)
de giuseppe ungaretti
* Referência ao poema (sou uma criatura)
de giuseppe ungaretti

disse

poema prometido a Eugenio Montale

nós fizemos o melhor de nossos
*esforços para piorar o mundo**
com uma espécie de folhagem
a trazer buços à terra

outra forma de dizer querido
seria frouxa a toda esta maldade
como qual deita a certa miséria

estendida em cada terceira linha
nossa maneira tanto apontamos nós

* Sampler de um trecho do poema
(cobri de alpiste a sacada)
de Eugenio Montale

imã

como se Raul Bopp estivesse

se de vime acaso o meu pranto
você o fizesse
com trigo eu o encheria

meus olhos joio separariam
eu a levaria nas pálpebras
até murcharem as molduras
da estrela do norte
me disfarçaria de *cobra**
eu desejaria amar *rainha luzia**

* Referência a obra de
Raul Bopp (cobra norato)

*não sei rimar cartas de amor ridículas**

como se estivesse purificado por Álvaro de Campos

há um vidro entre nós
que nos faz roçar com os cílios
a inocência
a rima é o espelho do poema
não cabe dentro da poesia
uma palavra perfeita
cabe cada um molhar amor
com o seu

* O nome é uma referência ao poema de Alvaro de Campos (carta de amor)

o que eu mais aprendi

com Walt Whitman parecido ao silêncio

a certo momento walt whitman disse
alguém só pode compreender os seus iguais ou os
seus semelhantes
*como as almas apenas compreendem as almas**
eu...
que não sei da alma
a imagino como uma estrela irmã
parecida a lenhas em brasa
ou a um osso mínimo
que sustenta o pormenor do corpo
e que as bordas transformam
verdes ainda

* Sampler da obra de Walt Whitman
(Folhas de Relva)

*poema tirado de uma fotografia**

mencionando Manuel Bandeira

eu
olhei
para aquele menino
que tirava o chinelo para fazer a sua selfie
como se fosse um celular
olhei com olhos parecendo sopas em malgas
como se duplicassem carroças
dentro de mim

* O nome é uma referência ao poema de Manuel Bandeira (Poema tirado de uma notícia de jornal)

porém sincero

os olhos brilhando José Saramago

quem tem coragem
de enfrentar o oceano

o barco pouco calça
anseios humanos

não sou mais estado tanto
guardado à *ilha**

que a consciência só pode
ser vista na distância de um homem

* Referência a obra de José Saramago
(O conto da ilha desconhecida)

quem viveu aqui

baleado por Lord Byron

se você na hora marcada
um viso te libertar
você não lembrará mais de mim
com saudade

com cores a
tua fisionomia em uma pedra
sua cava se partirá
deixará
nosso encontro mais
eterno

deixará
*don juan** seduzido e apaixonado

* Referência ao poema de Lord Byron
(Don Juan)

três aves

como se Alberto Caeiro fosse um agricultor de palavras

a flor não sabia pétalas
rumor da vida
alberto caeiro o saiba
de uma forma a existir
apenas a minha idade
eu não queria ser uma ágape de pensamentos
mas convivi com isto
eu não sou jamais
sou pitangas na boca

eu simplificado
queria fazer um poema que começasse
*há metafísica bastante em não pensar em nada**

* Sampler do nome de um poema
de Alberto Caeiro

vacaciones

como se procurasse Paul Valéry

os velhos morrem
como se não pudesse
mais ir embora
e assim...
como o tempo e a luz
as monções dos amores jovens
pouco debruçam

meu desejo dormir e acordar
em um *cemitério marinho**
*...esse teto tranquilo, onde pombas andam**...
eu seria o coveiro que nomeia
os próprios seres

* Sampler do nome de um poema
de Paul Valery
* Sampler do mesmo poema de Paul Valery
(Cemirério Marinho)

daquela nuvem

As nuvens são cabelos
crescendo como rios;

João Cabral de Melo Neto

o rumo de dormir áspero

eu não poderia dizer isto que você quer saber
que as palavras ameaçam
quando trocam de cor

...

agora a pele esmeralda
continha o óxido
tutorial de como o sebo amolece o amor

...

daqui a pouco o céu caminhará
e eu não estarei aqui para erradicar
os dias em *hybris*

água morna

não chegue a distância
de um palmo de algo que você
tanto quer
deixe os olhos gravarem este defeito
de simplificar as coisas

....

a criança tirava o pulso da irmã
com uma açucena
em brincadeira de misturar
a terra
corria pela veia um feixe de cristal

....

quanto a você
não atravesse até o lado de lá
o rio desagua
em superfície perene

cada bloco que eu carreguei

encontrava -se corpos
pelos telhados porque o coração estava morto

só procuro coisas
com as palmas das mãos em fogo

você pode usar os dedos do pé para encontrar
bichos de frutas pelo meu corpo
só não apreenda vespas pelas raízes
do meu amor

eu sou as abelhas
procurando fel

pontos

esta era a hora para maravilhar -se
assentando cada tijolo como se fosse
um poema dormido sobre a mão
você me deu uma bola de basquetebol
e disse arremesse

ao desaperceber -se não se mede
o tamanho que do lenço presta
e eu imóvel
faço desta quadra uma cama de dormir

talvez ninguém imagine
talvez você não saiba
mas hoje é o primeiro dia que estou feliz
igual uma estrofe
que comprime a terra
que não precisa dizer

uma pessoa normal

você tem noite nos dedos
rindo ironicamente como uma
esferográfica que borra
nós somos cobrados por nossos resultados
a tua ausência de alguma forma
sempre me fez escrever
um pouco mais sobre o mar
se o céu tivesse uma lua
você se arrependeria naquele momento
até te olhares no espelho... dizer
tu poderias ter sido uma pessoa melhor
mas fostes a ti mesmo

se não doesse a palavra

me chame quando a casa ficar de joelhos
e se transformar num eremitério
eu sei que me falta algumas estrelas aqui

mesmo quando estou infinito me magoo
como a solidão de um cais
não rezes de bonito a ti amor
árvores luz

me deixa triste
aprofundar distante
chuvas lidas

sempre

um soneto de Shakespeare
amolece um muro
em favos de uma meia -noite
neste apego a letra
o desejo de apertar o céu
de cada dia
um pouco além

abandonar filhos ao sol do inverno

vasculhar a versão molhada do poema
até aspirar o lago

azebre

saboreei a pele em neblina
tossi a mão à concha
o demasiado cigarro do dia puro

a verdade
relíquia sabedoria de um homem bom
procurando a úmida palavra
alquimia do que deseja

ao descobrir que o amor
desenha corais
guarda noturnos numa flor náutica

o amor enfim se transforma
num autônomo

ar fresco

mordiscava fumos como se fosse um caranguejo no areal
calmo respondia a todos os rouxinóis
pedia a altura das árvores...
estava orgulhoso
o pensamento não era mais a base de um muro
o mundo não era uma aorta
o tijolo que construía cada parede sentimentos ocos
como fizeste da esperança um quintal

não é simples esbarrar numa província a cada manhã
ao cair do dia
beber para descosturar outras aves
a lágrima se tornava leve como um jogo de bilhar
em tal gramado recomeçar era a pura cor

sentou à calçada ...observava a mulher
ela recortava estrelas

pediu uma para si
queria entender o movimento das astros
através de uma mulher
porque será
queria que a paisagem respirasse pela boca
dormir coberto de sóis de outono

ao parar

há um desfiladeiro nos teus olhos
a que eu chamo eternidade
tua voz seria uma grama que se move
nada mais caberá
do que aprouver em mim cabe em asa
ainda me abre

nave

quando usava o tabaco
e esperava um museu brotar na alma
arrebatou sangue exagerado
um punhal que procurava
e cravara no peito
como um poema morto

disse sou uma árvore num penhasco
que consome tais pessoas
nesta maldade terra

crianças ganhando garoa

escondi -me atrás de um alfinete
para que você não pudesse ver o meu amor
caído comendo pedaços de metais
os gestos dissolviam mais frágeis
era possível nivelar os reflexos

hoje vou cantar com tufos de orvalho
engastado na garganta
se a caso o dia não vier
é porque eu preferi
dormir com o rosto encostado
na parte seca da eternidade

noturno do irmão morto

o céu estava desidratado
sobre o olhar lírico de camões
delirava cego lírio embriagado
alambrado de luz

o anseio do homem se resume a
uma palavra
paixão

não me importava que
meu irmão gêmeo morreu escorado
num soneto

o isolamento é um barco carregado
de ceifas

somente uma clareira fugirá da voz do visitante
nela dormirá ilegível bagos de desilusão

quase mas a garota

a chuva torrencial humildemente
abrigava a estrela
no chão a água se disfarçou de atleta
corria pela sarjeta
abriam pequenas conchas
a calçada em espanto continha frisos metálicos

então a menina finlandesa
me chamou no vazio
perguntou em soluços
porque sempre em dias de abandono
e carinhos carbonizados
chove dentro do homem

eu não entendo todas as filhas

habito um cão vazio
que tem como único desejo
distrair pedras

tal qual a ciclovia que me é proibido
andar
            nem tantos pés
                    caminham

jeans

se um galho gris
firmar sua calça
esguia
um pássaro
de brim faz o seu ninho

outro

melancolia

pela primeira vez a palavra ficou
pesada como um gume
um maquinário de imaginar sepulturas
de vento

um tronco seco
desenha a paisagem
as letras desenham um poema

a lágrima
ferramenta que o poeta usa
como uma folha d' água

que história foi essa...

o seu nome próprio
percorrerá a cidade de forma
amorosa
ao desmoronar na erva
o brilho que fende
a noite na sua memória
por um decreto do papel
plaina
a casa ao brilhar intacta
deixará meninos no vento
a uma cidade humanizada

renúncia

o papel só conhece nossos barcos
depois de longa travessia
o eterno peito é um nenhum lugar que comporta
a arriscar antigas embarcações
e procurar em outras terras as especiarias e o ouro
que pequeno guardanapo cintilava um coração
este que não soube entender aquele imenso mapa
estendido como um corpo
apenas insistia em virar o leme na direção
onde pombos ensinam a solidão...

ao silêncio de deus

a memória tem início onde o coração vítreo
deixa mostrar a geada dos homens
a luz pérola envelhecida
em balde de estanho e calor
já não mais caberá
nas fissuras das crianças

quanto

era tarde
o poema triste apenas refugiava -se na sirga
o poeta prometeu não se drogar mais
amava o interior das malvas
se lembrava das histórias que contava ao filho
como quando santa ana ainda criança
colocava centopeias no mar
à primeira hora amarrou a corda e deslizou
disse que iria encontrar o filho
disse que a vida
é uma felicidade medrosa

como um homem no meio da avenida

não terei um filme sobre a minha vida
não dirão meu nome na televisão
se eu fosse laureado com taças como
os mercadores de tapeçarias
se ao menos a poluição me desse
a noite
com ácido eu escreveria as
primeiras linhas...

como se fosse joão batista batizado

sofrendo como um santo
foi arrancar pedaços
de neivas no traço da boca
no homem tudo escurece em neve

depois acordará mais etéreo
verá a água voar no plano da areia
como se ouvisse coisas lentas

nuvens sobre riachos

queria ver o rio sair do lugar
como numa chuva
uma lágrima
alumbra transparência
um objeto esquecido
de extremos presságios

fios de malvas descem do
precipício
e
da garganta
de qualquer silêncio
fosse o grito das rochas
da minha
ama
uma casa

a nascer em desespero
um único
filho

este poema

futuras andorinhas
do verão atravessam
que resta do amor
um firme terraço de inverno
se abre para conseguir
lembranças

sobre a ternura

falo de amor apenas
com os olhos saídos de areias imaginadas
céu de durar poucas violetas
e saúvas no sol da terra
debaixo da noite saudável
sempre repousa uma estrela órfã
como quando se decide habitar na solidão para viver
morar futuros humanos
morrer sob os passos de alguma fera

eu entendo o amor
como um pássaro que sobrevoa
um país extinto
e não consegue nos ver

elogio

ninguém jamais desmorona
da cumplicidade
que de um ombro ladeia
cria -se plausível
de imemoriável dança

entreabre

a grama é uma trepadeira que ao cair
desajeitada
ficou no chão para sempre
o relento é a folha vestida de seda
transparente cada folha desfalece

cantiga da primeira hora

o orvalho é um liquido inquieto...
dói feito um talho na folha

a mosca do sentido

você tem fases da lua
na orelha
ministra com a euforia do
voo das aves
de maneira a fazer sodas
com os meus sentimentos

num horizonte a prostituição
verões fios de cordéis
no outro
tudo o que eu apenas sei

a gente morre
e fica tudo no lugar

verdade dita no poema

tenho um maça nas mãos
preterida pelo intenso outono
um peito transparente
que sempre procura o inverno
se ao cair ...quebrar -se
suas artérias de vidro
se a caso voar ao nome
de sua fragilidade
sempre será um ser diferente

corpo velado

a teologia dos homens
era a meninice das crianças que
escondem atrás das costas as mãos para ti
o ensino do coração
em sua intima pálpebra exalam tintas nanquins
é sempre hora de partir aceso
sobre anéis
quedar -se planta estaca
alimentar grandes matilhas
eu soube que do aro
dos teus pés descalços
lavravam
alices em mim...

também seixos molhados

A existência e a inexistência geram -se
uma pela outra.

Lao Tsé

letra verde lua humana
o ladrilho parece creme de leite
no luar

no homem cansado
lastima como se perdesse
a vertebra no asfalto sobre
sua rua
um isqueiro de almas
transita

diálogo para ser encenado no escuro

onde eu moro a lua
está cheia de decisões
disse a moça

o homem surpreso e com os pulmões enfeitiçados
apenas assoprou uma gargantilha de flor
pendurando -a no pescoço da amada

ela com um ar branco
validou eternas lições de ternura da casa
tal qual dante à shakespeare...

ao invés de

para testá -la com maior ternura
peguei as campinas que vi no tempo
misturei -as às gotas de um amor igual

como as palavras prediletas
que usamos para dar
nomes aos nossos filhos

braile

qualquer que seja
a periferia que dos olhos habita
uma retina com a luz apagada

se eu disser que teus olhos
abrigam o regaço do céu
este não é o meu caminho
é a urgência que eu preciso
para pronunciar o pulso do mundo

esta própria veia

eu já chorei hoje
a chuva tirava o céu dos ingênuos
cavava um buraco na alva
de dentro do bar cuspindo retinas
eu não sei se é em um quarto violento
onde vivo
isto

queria estar sob vinhas amorosas
entender
o que o mundo quer dizer
quando gira

interior

estava eu tentando a mão nos sonhos
olhando o céu fugir
o cimo apagando os desejos
algo talvez a incerteza margeia a terra
entre a topográfica das encostas
grandes rostos
surgem
na fotografia das telas
será que realmente eu sou o artista
desta pintura nós

fragrância

adoeci
e a pureza atingia
mais uma vez a sua amável expressão
irmã por favor
solvas o corpo consumido no amianto
apagas a tarde utilizando
o monólogo de uma máquina
teus passos lembram finas trufas
impressas nas cartas
onde o homem existia apenas uma vez
a religião dos seres se media
conforme a curiosidade das crianças
o escurecer da malva
o desaparecer da manhã

serapião

a porta de entrada
permanecerá um novo dia

um espelho ocultará algo idêntico

atrás de verdadeiro acrílico
crianças vivendo só
ensinarão a juntar as mãos
entre passar o anel
a carne o espirito

um amigo ao emprego do ar

a música desamarrara o que a pouco sucedera
com seus descendentes despega -nos a mercê
sabe o que impede teus minerais a esta pouca beleza
arrumar canções à ordem das memórias....

a chuva lamenta em si

o sol andava pelas nuvens
como se pisasse em porcelanas
cacos do céu não feriam mais
meus olhos em lágrimas
a primeira vez que vi o sol
ele sufocava uma estrela

jaz tranquilo o elefante

sabia lidar com a bruma
a terra entendia melhor
os vincos das pegadas dos homens
no seu batimento cardíaco
ao peso de amputar
as mãos
envelhecia devagar o dia
o jovem estabelecido
poderia morrer reunido
à carne ao chumbo
e à cruz de flores
no formato que tem cada ser humano
a dor

asfalto

lentas estradas
cuja a aparência
lembra
tabuleiros de xadrez

eram as folhas
das bananeiras em goma
plissadas no paralelepípedo
disse a criança

que morreu
com um tiro no peito
sabe -se lá deus porque

não tinha lebre nos tempos infantis

um vento cândido para onde não passa uma pessoa sequer
não tinha correio para tua correspondência
o mais próximo de uma mulher
menina ficando nuvem
mais próximo que da própria
aritmética de um sentimento
um homem procurando
um
outro
homem

museu

Bendito seja eu por tudo quanto não sei.
Gozo tudo isso como quem sabe que há o sol.
Alberto Caeiro

tinha as mãos maceradas
como uma pequena propriedade agrícola
semeava o tempo aos círculos
próximo ao pino de uma estrela
ganhar não era mais um objetivo de vida
o que ela desejava
esperar a aragem dos amores perdidos
sua vestimenta religiosa
pintar a monalisa

preciso

deitou -se na grama
como se aquele lugar fosse um castiçal
e refletiu com a manhã nos dedos dizendo
todo espaço que aos poucos
juntei em silabas precisas
e não deu em nada
é mais um povo

entre abrigos

a noite falava com inocência
em como se mover em um amado corpo
a hora de confundir a terra com azeite
ao untar a falange dos sentimentos com a lima
nesta época o bom estava em colecionar
as gredas mais profundas
a nossa amizade
se fazia um não igual
comum mandarim

folhas minhas

procura -me quando o olhar próximo a eternidade
descansar tuas filhas
eu queria pegar o lado mais frágil do tempo
mas as minhas lembranças são tão tristes
não separam uma pomba
do halo da maldade
minhas lembranças vivem desabrigadas
com cara de ladrão

a reza

sentar aqui no chão
até que a sua arquitetura
imprima verdadeiro
sentimento...
....na totalidade
de casa mascada
neste lugar

de
água pão e vinho

olho morto

lembranças
ladeiam as partituras
nestas horas
tu perduras como semifusas

se escutas para
mirar... palavras
a música perfurará
minuto a minuto

parede

no caminho que sempre andei
dentro da alba
onde não há rochas
para a arrebentação
que possa conter as águas

no eucalipto
frágeis caracóis
dão a espessura de um rebento
como se costurasse no ar
vincos

pobre do navegador dos dias longes

pessoas deixam seu esmalte
como um néctar de sonhos
em um nome sem rosto

ao tear...
novas bocas
escorridas de véu e neve

o céu teu... nos devolve veludos
mordidos por bichos da espessura
das gretas de acres corações partidos

animal que provoca aos dentes
frutas cítricas de amor...

objeto nômade

meu ganho é pouco
desenho a romã do novo ano
e o feltro de uma estrela
explica a luz

um aroma benze o papel
que árvores tristes
dentro perdi

de um espirito dos inconfidentes

o que existe falta
sob a eternidade;
saber é esquecer, e
esta é a sabedoria e o esquecimento

Manuel António Pina

tudo que você recebe
é sofrimento
o amor recebido não é sofrimento
é por qualquer sorte
paisagem sozinha
fio que espera esquecido
dentro da algibeira
as mãos que não lembram
olhos macios

debaixo das unhas

não mais respirava o amoníaco
atormentava -se agora
de quietos campos
da caridade dos teus olhos
apenas castigo
a incólume voz ainda menina

construção geométrica

resistência
garante ao povo
imaginação
e ventres apurados
depois de atirarem
a pedra
não é a dor
que se vê
mas os círculos
se
ampliarem
no meio
do
riacho

são mateus separando infâncias

Depois de tanto tempo
Surpresa
Dum amor

Achava que havia espalhado
pelo mundo

Guseppe Ungaretti,
Minha Casa

este amor tem
o tamanho
de uma ânfora de mil anos

que se por sorte tivera
se guardaria
no comprimento
de um homem

paz

se eu soletrasse
uma forma
de dizer ao fio de um amor
eu não escreveria

faltaria uma palavra
que por ora
eu ceguei
por caber num espaço maior
uma palavra diminuta

contra o ar

eu procurei a lágrima
na parte dos olhos que se perde
imitar um corpo no lugar onde amor
se transforma numa paisagem
o sonho um nosso invisível pilar
de branquíssima cal...
capaz de sustentar a tristeza
hoje queria trazer uma vida
queria secar o pranto
que me cochila como uma anciã

memeandro

A luz mais que pura
quebra a sua lança

Sophia de Melo Breyner Andresen

1.

muitos observam os homens
poucos se deparam no espaço entre um homem e outro
monet soube fazer

2.

não me ensinaram a lembrar dos momentos
isto é uma falha minha
algo como alterar *mansanas*
eu não sei ver dentro mim
o conhecimento pleno é uma câmera no deserto

3.

guardar em ânforas teus olhos de isis onde
saboreaste as cores em verdadeiras vidas

4.

estar inconscientemente desfrutando as coisas
a ideia é uma visão apagada
pensar não existe
estar dando corda aos pássaros
para um canto de inesgotáveis remédios
a vida é um outono de escura flor

5.

viver cuidando um ao outro
o que temos o tempo hoje habita
não culpamos o breu essa vista que se perde
antes de a termos uma luz estendia

6.

de tanto sentir a noite
não sei dize -la
o tempo é um dueto entre eu e você
a vida se torna um alguém na alba
dizer já não sabe a essência

7.

o tanto que lamenta
uma razão que cai
a vida é uma dúvida
constante que governa
em nossos laços
a mão inevitável se apraz

não garanto que o amor prossiga

É sempre mais difícil ancorar um navio no espaço

Ana Cristina César

procurando fotografias na intimidade do sal

fio o mel com o nome esquecido do teu rosto
penso na sede do papel que ao poeta precisa e dizendo
as mãos dos amantes são uma só tertúlia
um substantivo feminino

mudo o rastro do vento nesta forma de pensar em ti
se não estou contigo sou frágil como as ervilhas de cheiro
durmo sobre a catástrofe mastigo pedaços de espelho
mas penso em você e regresso os olhos à eternidade

um coração em mim pulsa feito um lobo ferido
adivinho o caminho das tuas algas
em brincadeiras de malmequeres
a alva mais uma vez tem as tuas águas
ao desalinhar que um rio tece

a última noite separo países destruídos tuas silabas
uma carta de amor precisa de mil centopeias
desenham mapas que me levem a ti adormecida
numa topografia de antúrios

ao partir terei a força não das chuvas torrenciais
mas das garoas fracas
que deitam ao corpo em campo doce
como um mar báltico

museu

Tarde te amei! Tarde Te amei,
ó Beleza tão antiga e tão nova!
Tarde demais eu amei!...
...Seguravam -me longe de Ti
as coisas que não existiriam
Senão em Ti.

Santo Agostinho

mas lá dentro de um muro uma mangueira florida que vi
e um rio exagerado de pássaros
você me expõe todas as gramáticas da terra
no mais remoto isolamento
se te esperar ao telefone no bico do colibri eu sentei
qualquer coisa me repete
certas palavras são violentas mas não religam o teu nome
se santo agostinho não falou de ti pois eu falo
deitado sobre latas esperando a direção do vento funcionar
nunca estarei abandonado mesmo que esteja eternamente nu
dizem que é difícil entender a tua poesia
mas eu atravessaria qualquer noite
mesmo que o sol perca importância
me nasceriam nas vistas lenhas
até se assemelhar a tua chuva

nítido como o papel vegetal

a criança perguntou
como o coração faz a travessia entre a infância e o idade adulta
eu ...que ao menos recebo passos de alguma infância
como poderia explicar os aterros deste país
eu apenas refugio -me nos segredos tranquilos dos arquipélagos
eu não tenho o perfume do caminho da alba
tenho a poeira da janela aberta
aqueço -me com algumas alegrias mundanas
entre elas sonhar devagar
a criança disse ...a noite é uma cúpula infinita
para mim as vezes é prisão as vezes são andaimes soltos
eu vejo uma criança brincando e imagino a malva ou goethe
é como a água dando frescor à boca
como sentinelas machucadas
como a hora quando está branca
há certas coisas que os rios levam para o mar
e que a maré traz sempre de volta
entre elas está a ausência da inocência
uma vez pensei não há outra coisa que roce mais a alma
do que a beleza de viver só
a humildade de ajoelhar -se em frente ao rio
e nomear a sua imagem
talvez eu não tenha outra alegria aqui
senão a de memoriar a distância dos lugares que queria estar...
e pela primeira vez dizer contigo.. e vigiar -te como um sangue bom
porque quando os dias dissolvem
eu transpareço como um vidro perdido
e você está ao meu lado

nos ares de casa

sabe -se lá ...todas as cantigas do pai velho
guardando a noite em uma das memórias da boca
a única tinta onde morávamos
era dentro do rio de alegorias solitárias

mínimo de tristeza faz a terra girar em um eixo diferente
depois regressar os corpos aos quartos de dormir
eu me pergunto se o amor existe mesmo
então nascem soluços nos meus sonhos...
e eu adormeço doente

quando a cidade se esquece de seus habitantes
brilha um desalento na paixão dos amantes
descemos até onde a felicidade finge um poço de luz
recorremos a um afogado que fulgi
em um caminho que deste mundo ainda parece escuro
para não pintarmos mais os sonos com sementes de frutas

é outro tipo de navegação o que escrevi para ti em cantos
hoje
o meu cúmplice é o isolamento
por ele levanto pela manhã com os olhos
[tremeluzindo neblinas

porque a sensação de ser amado
faz a água sentir -se morna na tempestade
na temperatura de um banho demorado

eu não posso mais sentir isto hoje
porque abandonei o silêncio porque agora escrevo para ti

tenho uma proposta para você

se alguma coisa disser de mim é pena e isolamento
estar só não é tão triste quando se está em volta de
[arraias imaginadas
as arraias são o que penso de ti em um mar
como se deslizasse uma palavra no oceano

....se quando eu penso ....eu deslizo
eu sou mais um patinador de desejos
mas a verdade enrolada no barbante que diz
a distância não é órfã das palavras amorosas

fico distante de ti e pareço uma lua morta
apenas assim sou mais real
e verdadeiro na metade
que cabe dentro de mim e ti
e das noites
de estar só e junto ao mesmo tempo
ao imaginar

depois se estou com você
peço olha -me
isto não deve ser mais difícil que uma palavra
peço novamente olha -me
para eu nascer de novo

dentro de uma metade
como uma moeda
talvez o amor seja mais
talvez o amor seja uma moeda romana
talvez seja raro

ventos fortes

tivesse escrito estrelas sobre a urbe
o trabalho de corpo dela
não soa mais como olhar para trás
talvez aquela sensação de ser perseguido
eu agora ao menos desta vez
me tornava infiel às paisagens das nonas nas varandas
eu neste momento não quero mais ligar o carro num
[quarto fechado
e aguardar
mas ainda trago a boa mania
de sentar em frente à solidão e observar
se lá não encontrar -me com beatrice
não descobrirei dante
eu também sou dado a amores
neles eu percebo palavras dentro dos corpos
não que eu prossiga com um passo à frente
quando vejo um amor passar
eu ainda tenho o receios das violetas
traduzo por construir rosas como ervas daninhas
ou a simples amurada de porcelana chinesa ...antiga
eu não faço de uma lágrima
o fundo do oceano
a verdade é que viverei o resto do meus dias
murmurando segredos aos ouvidos dos apaixonados

... o amor é feito do material que borda o topo das
[pirâmides elevadas e que eu
gostaria de tocar e isto me faz forte como as ondas largas...

reflexões sobre o ruído de caeiro e mundo lento

Quem nos desviou assim, para que tivéssemos
um ar de despedida em tudo que fazemos?

Rainer Maria Rilke

1.

pensar desigual é a verdadeira anatomia do corpo
é a ferrugem o que dá a nova cor ao latão
de forma natural e longeva
eu quero fazer minha poesia dessa maneira
a poesia é delirar é retirar o formato natural das coisas
e dar a elas um novo formato
o poeta faz poesia como o sol faz
dá luz e sombra e formas e criar uma nova geometria
aos objetos e às coisas quando se espalha
as coisas são diferentes quando estão à luz ou à sombra
a primeira pergunta que o poeta faz é
como tocar as coisas intactas no fundo do mar

2.

eu penso que podia ter feito por mim algo que não fiz
por isto agora escrevo esta historia
da forma mais inútil possível
numa sequência musical de versos
que não tem valor nenhum
senão te procurar no lugar onde escrevo
a poesia talvez seja isto apelidar as coisas
um dia eu morrerei e quanto a meus versos que mostrem
aquilo que as pessoas não conseguem ver
porque o que eu escrevo é uma nova textura
porque a terra fica pesada sobre o peito
por isso uso a cal
eu queria envelhecer como o cobre ...
o azinhavre envelheceria comigo
eu teria uma outra cor
mais verdadeira e sincera
eu fotocopiaria a inocência numa certeza de saber ver
sem me preocupar com o regressar da próxima onda
porque o xerox impreciso das ondas me faz pensar
como isto é bonito... repetir -se impreciso
ver como se enovelássemos oceanos
alberto caeiro me ensinou a ver as coisas de uma nova forma
mais ingênua
e eu apenas espero compreendo -lo
eu quero que o gemido do amanhecer
torne as coisas mais visíveis e as pessoas e o ar
e que a minha íris seja índias na taba

3.

encontraram um caipora pelo caminho
acenaram como de aconchego
o caipora saudou -os e após uma breve pausa olhou para alto
e disse
debaixo dessas aroeiras o sol parece um pouco mais granulado
[que o normal
o moço sorriu
o caipora completou
é bom termos lágrimas por esses caminhos
sempre há algum amor em algum lugar
a túnica do amor é como a túnica do primeiro lírio
esta é a prosa romeu e julieta dos canteiros da cidade
o que resta da primeira criança da terra apaixonada
o moço consentiu com a cabeça e perguntou
além do amor você sabe cantar as adversidades da vida
o caipora que se conhecia como se fosse um lugar próximo falou
adversidade... eu só moro debaixo dessa aroeira.
não sei de adversidade apenas falo como um reitor de mim
eu queria ser o poeta que andava nu pela rua
escreveria apenas um poema com uma única palavra... tristeza
porque será que há uma certa infância perdida na vida
[de cada pessoa
quem sabe se o absurdo fosse nosso amigo intimo
não precisaríamos pedir nada em troca
mas nós queremos ser este jogador que quer saber
porque estamos aqui
e no fim ficamos *à espera dos bárbaros** a vida inteira

* Nome do poema do poeta
Konstantinos Kaváfis

4.

tudo o que eu quis do mundo foi buscar uma certa
[clareza no absurdo
raciocinar com a alma e delirar com o mesmo tamanho
[com que vejo as coisas
mesmo que por trás deste tamanho aparente não haja nada
eu quis não menos do que maiakovski ...não com a
[mesma maestria
mas a sua maneira humilde e carinhosa
cavando buracos para passar o tempo...
separando larvas
o poeta precisa se expressar
verificar as coisas à sua forma acre
a poesia é uma superfície irregular no coração da humanidade

eu... volto -me mais uma vez a alberto caeiro
e
nesta ingenuidade no olhar as coisas
e ver

o mundo é um charco

... e nossas armas são fracas para mudar isto
eu apenas vivo para esperar o próximo poema
sentar -se sobre um papel e esperar alguém

5.

realmente talvez o mundo longe da poesia tenha muita pressa
eu quero ir devagar
quero que a noite prossiga puxada por um veleiro
a noite que vivo tem um sangue que desagua uma estátua de rodin
a poesia é o futuro do homem
a cada degrau deito -me mais num lugar entre o coração e a relva
repovoou os espaços com aves como se eu fosse uma patrícia
o homem devia passar mais tempo olhando para ti
com o organismo humilde da réstia
beber seiva e descer à renuncia
no lugar onde criaríamos um novo alfabeto
com letras deslocando -se ao silêncio
dormiríamos no murmúrio insensato do sonho
e entenderíamos a nossa ausência
e não lastimaríamos a ausência
drummond falou sobre isto
e soube por isto conversar com as fúchsias

dizem que quem nos amou
sempre permanecerá ausente
talvez seja esta a imensa desilusão
do homem

6.

fui pela escura linguagem da noite
onde os caminhos adivinham o doloroso
segredos dos homens
que são destinos que atribuem nomes as luzes
e mal conhecemos

7.

irmão
porque me abriste em sementes
queria falar com a tua voz
de ter o coração em consciência do teu
ser eu folhas varridas
asa no limiar do voo
dormir sobre raras ilhas
tem algo em cada montanha
difícil de decifrar
que não se pode ver senão com os olhos de alguém
e a tua solitude
é assim que se muda uma voz

8.

quando eu morrer se me olharem eu com as olheiras em palmas
se me perguntarem como foi minha vida
se me perguntarem como foi o meu auto
vou dizer como se o céu fosse uma amarelinha
fui feliz no silêncio
e meu único pecado foi falar
e se me perguntarem o porquê
vou dizer
porque o silêncio é o milagre de mimeografar coisas
[inocentes ao tempo
como se eu estivesse no lugar delas
e elas estivesse em mim transparente
porém eu não tenho a bondade das coisas inocentes
eu não sou caridoso por exemplo como os olhos da relva
mas eu só espero que deus ao me receber
diga com um aceno de meu velho
você fez as coisas bem feitas como uma fotografia nítida
[meu amigo
teus poemas são bonitos
como se dourasse o silêncio
como uma criança que pergunta
mãe o céu da tarde foi encerado com guaraná?

9.

eu não sou um competidor
uma vez eu vi a humanidade
concentrei toda a paixão nisto
e fui feliz
os sujos dedos de uma lama solitária
eram a tribo de luz
nesta época o entardecer das coisas eram mais próximo para mim
assim entendi que é mais fácil escrever as coisas de longe
e parti sem dizer nada
se eu observar além
descobrirei que o vão entre um homem e outro é um
[continente boreal
onde nos situamos
e tem o som transparente dos espaços arquitetônicos
como uma ilha no mar
alguns adolescentes festejam no pátio
eu os vejo
eles não sabem de mim
eu me recordo dos espaços de festejos do meu tempo
uma lura de copiosa ilusão
isto me traz mais próximo deles ...como uma maré alta
como um pai ou um amigo
talvez esteja ai a beleza do lugar maior
a de estarmos comovidos
mesmo como dois amantes que não se tocam

10.

viver é uma experiência vulgar
é como pingar ervilhas no céu
experimento as coisas pelo formato
de que se acabar um dia depois não há nada
sem negar a deus por isto
apenas vivendo como alberto caeiro me ensinou
um desaprender a ver
declaravam a arquitetura é servir... nos dizemos
arquitetura é emocionar...foi assim le cobusier fez dizer maior
a sua arte
eu faço das tuas minhas palavras le corbu...
apesar de não saber o que é preciso para isto
me emociono com as coisas

e assim e certo
vemos as coisas tolas e belas...iscas no chão
então ficamos mais próximos do mundo
como se ver fosse o exercício fácil de se deitar sobre
[uma mortalha
de margaridas e preferir

11.

hoje escrevi um poema
procurava desarrumar algumas ideias
criar coisas que não poderiam ser vistas
como colocar uma uva na ponta de uma nuvem
eu queria descrever os homens como seres amáveis
colocava em cada verso a observação de uma estrela
me servia as coisas meadas
me servia rubricar o peito
a liberdade das pequenas lágrimas
o mundo que eu quero pensar é menos frio e menos técnico
eu tenho pensado coisas inúteis e inacabadas
inacabadas como um deixar -se acontecer
como um estar -se na hora e só medir o aroma a cafés da sumatra
o namorado chama a menina de flor
a mãe o filho crescido de bebê
eu chamo o poema de relva
esta é a realidades das coisas mortas
dizem que os poetas estão tristes
porque já não é mais possível
dormir ao relento da rua
e acordar com malvas às mãos

12.

você tem um passarinho nos olhos
ah como me falta um som fresco para chiar aos seus colírios
as vezes eu me pergunto será que o raciocínio não seria
[um falso universo
mas os bocados dos pensamentos são uma só humanidade
será que alterar depressa não é um erro
e se vivemos a era da velocidade
enfim eu não gosto disto tudo
tanto quando vejo
um governo corrupto a enganar um povo
eu fui herói disse um
eu conquistei o amor disse outro
calma a todas as coisas
a recompensa de não obter uma vitória é sempre existir

13.

não sei motivo algum para criticar alguém
todo ser humano é uma roupa de alquímicos sentimentos
mesmo a que visto está impressa por incertas digitais
este é o único aniversário do meu primeiro pensamento
ah se eu nomeasse todos os objetos que amo
a vida seria minha eterna paragem
e se eu molhasse romãs às águas de uma maneira terna
eu teria a visão do cintilar das mães
mas dentro de uma correção de sentir
o que eu vejo
no alto é um monte inexistente
que faz nossos olhos escurecerem as paisagens
abaixo o vale recorta a terra para um vazio
onde tudo parece recomeçar
a justiça só existe no silêncio
onde tarde se transformará num sermão de sermos

SUMÁRIO

memeandro

não garanto que o amor prossiga

reflexões sobre o ruído de caeiro e mundo lento

Papel pólen soft 80g/m^2
Tipologias Garamond 10,5 e Goudy Old Style 14 e 24
Impresso no verão de 2021